あぢさゐは海

谷光順晏歌集

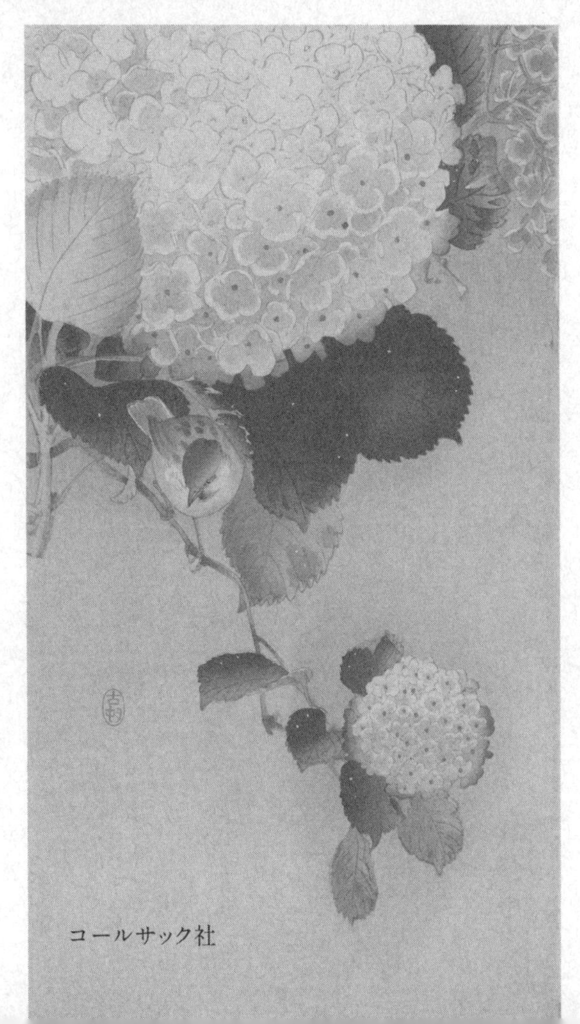

コールサック社

歌集　あぢさゐは海

目次

I

歌集　あぢさゐは海

谷光順晏

挿画（仏画）謹写・谷光順晏

I

追儺の豆

寒き日のこらへどころにかをりくるしら梅ひとへかさねをほどく

しみくるやうにしら梅かをる夜半の月ふとも喜ぶからだ羞らふ

初まうでは〝浅草寺〟と打つメールにて〝戦争時〟出で初むる新年

江戸三十三観音巡りの一番寺友もリュックのいでたちなりぬ

雷門にハ行の会話に囲まるるわれはアジアのちさき日本人

大提灯の底に目を剝く臥龍一匹失礼しますとカメラにをさむ

風神雷神の描かるる紙袋さげちよつとそこまで合羽橋まで

竹笊に盛りて枡売りほていやの追儺の豆のほどける甘さ

鬼を打つことを忘れて食ぶる豆歯にやさしいとわれら山姥

節分の豆の残れる階段をつたひてあがる母住む団地

鬼役は夫でありし日子と豆をぶつけし背なに張る湿布薬

あなたに見えてわれに見えないわが影法師わたしはいつものわたしよそほふ

番茶のにほひ

座ぶとんの上にある楽さみしかりさみしくあればまねき猫になり

怒ることおさへなだむるは年の功へたばつてゐるかわれの胆力

ふるさとの水の記憶に生くる鮭鼻曲り顔のつるされて冬

鯛の胆鰹の肝をとおほははの食ひし黄楊箸その太き指

正座する祖母と食ふべしちやぶ台は黒びかりして番茶のにほひ

「これ順子行儀が悪い」あはあはと灯る電球祖母との夕餉

をさな日になでくれし祖母の強強の手のひら飛鳥ほとけの掌

ダム工事現場にあら塩のにぎりめし握りて働きし祖母の手ぬくき

誕生仏

大き口に笑ひし祖母なりアルバムは半世紀前のセピア色透く

あかぎれもしもやけもなし久しぶりの山手線に人の手ばかり見る

罪人のやうに手足をくくられて泡吹く大蟹　何の咎ある

鳥渡る

室生寺の十一面観音の朱の口動くと見れば立ち去りがたく

室生寺の釈迦に亡き父かさね見る友よ未だにわれは会はざり

世渡りとふ言葉にひそむ調子良さ鳥渡ると書けば空はひらける

孫らしき子と持つ縄跳び廻しつつ媼がうたふ「お入りなさい」

突きすすむ道の正面落暉あり車もろともわれは入りゆく

やすやすと物は言ふまじ気ふさぎの虫は穀象死んだふりする

「線香の灰になるまで」とせがまるる　をさなと仏間にしづもる時間

春陽

菜の花の匂ひ濃きなか三界に家なしとふ女も良きかな

食用のやぎは名無しに飼はれゐて旅人われをまつすぐに見る

さくら祭りに掬ひきし亀の金盥甲羅脱ぎたや春陽のなかに

一生をそひとげる鴉と知りしより生きてゐる色その濡れ羽色

クロノスに追はるる夢のひもじさよ蛸なるわれのおのが足食ふ

みたま抜かれ展示の御仏触るるほどのうつつか夢や花眼におぼろ

通過する電車の地ひびき観音の瓔珞揺れて　何かはにかむ

生かはきのコンクリに残る猫手形点点とありひろがる春野

風うけてふるふるからすのゑんどうは鬼サン鬼サンココマデオイデ

されかうべ

桜ばな夢のなかにも散りにけり樹下に一夜の貫之ねむる

トンボ子といつよりか母のペンネーム富子は極楽蜻蛉になりしと

花まつりに酔ひたるこよひ目つぶれば明暗に散るさくらはなびら

代替はる家の欅の掘り出されその根突き上ぐ宙に向かひて

おもはずも更地となりし一区画そこだけ陽だまり祠のやうな

門柱の残る空地に在りし日の人呼ぶごとき一本の桜

されかうべ窓辺にありぬそのむかうさくらまんかいの耳鼻咽喉科

わが検査半日がかりに昼を過ぎ夫の午睡は春のそこひに

「ありがたう」の言葉をかけしことなきをおのがからだを痛めて気づく

長雨にほのほの暗し鉦ふたつ鳴らして飯おくちさき仏壇

ほとけの定さん

夢のなか色なくゆらめく父の顔別れの岸に今も手を振る

断片は雨の打つ音息づかひ父に背負はれしゴムのマントよ

出稼ぎの飯場の飯炊きだつた父区切りなき時間休日もなき

生前は「ほとけの定(さだ)さん」でありし父　われには泥のごとねむる父なり

「飯場の子」の大人の声音におびえつつ弟二人と遊びしかの日

いつしらか傷もつ言葉を抱へゐる大人のわれをひそかにおそる

雪国に遺し来し父の思ひ解く父の齢を越えて生きなむ

護符

こはさぬやう母の桐簞笥を動かせば裏に護符あり網走神社の

えんぴつの傍線引かるる「生涯は芝居」のくだり貸し出しの本

阿弥陀如来

引導をわたされて人は死にゆくと読経を聞きぬ親しき人らと

長生きをすれば楽しきこともある水雲にむせつつ高笑ひの母

このあした味噌汁の実に明日葉を強烈至極な自己主張を

いく枚ものしなやかな意志にかさなる芯キャベツは密か太らせてゐる

ねぢ花

けふの空吹つ切れし青のいよよ濃き山ざくらはしきり花びら散らす

巻き戻ししたき悔あり花序だてて咲けるねぢ花蝶を呼んでゐる

いくつかのおもひ違ひのすれ違ひねぢ花ねぢれていつまで咲きぬ

長くながく糸たなびかせ空高く矢のごととびゆく五月の蜘蛛は

えごの花ほつほつ散りくるゆふべの道に一人と一匹影かさなりて

雨近し　節榑木は湿りおびまひまひつぶらを幹に這はせる

髪洗ふ指に匂ひぬ日の暮れの庭に手探り抜きし十薬

「軍服のボタンのやうだ」と言ひし母あれから植ゑず黄のダリアを

過ぎゆきは悔しみに似る今年また際に立つごとひらくあぢさゐ

駅

帰りゆく駅はいつもの顔をして改札ゲートはピッとひらける

季くれば桃を売る人巣づくりのつばめもやがてこの駅頭に

水紋のやうに傘傘ひらきだす広場見おろす駅前の鳩

雨の香のするアメンボは雨のなか傘にこもれるニンゲンわれは

駅ごとに出入りする風駅ごとに違ふ人の香のせて電車は

「駆けこみはおやめ下さい」階段の途中に聞けばつまづきやすく

地下鉄の窓に映りしわがまなこその眼の底をもの流れゆく

老いもまためぐりあはせのひとところ産みたるごとく歌集を編みぬ

あぢさゐの影ひつそりと地に落ちて水溜りのなか遠き海色

あやしき虫

三階の窓につばめのとぶ姿ブラインドごしの細目の中空

揚羽蝶は風来坊のごと庭なかをくまなく舞ひて去つてゆきたり

六日ほど庭にあそびぬ小綬鶏の去りてあをくさく栗の花咲く

やまひだれの小部屋おもはすほのあかりほたるぶくろは雨に垂れゐる

山椒の辛い若芽をつまみくふあやしき虫とわれを思ふ日

手にとれば崩るるやうな危ふさにかをるくちなし梅雨のもなかを

凌霄花の盛りあぐる初夏の長雨を不吉と言ひし友よその後は

都会生まれのカモの隊列かはゆいと見てゐるあはれ遥かなる空

たちあふひ

何事もなく咲ききつて山吹の青葉はそよぐ母の窓辺に

たちあふひはひとひひとひを聴(ゆる)すごと咲きあぐる花よ梅雨空のもと

ひとりすむ母をおもひて眠る日はわれもひとりの孤独を持てり

あしたともす母の埋み火さみしくてクダサイひかりとなる火をください

蜻蛉の群れなす虚空ベランダの母の後背肩の薄さよ

彼方へととぶ鳥の影あかね帯び暗き山の端に落ちてゆきたり

荼枳尼天

破船

白色の世界の地図を赤くぬる島国日本の筆の先ほど

破船にはハングルの文字海の一線命の一線を越えていたはし

懸命に生きて生ききれなかつた人ら行旅死亡人として日本の寺に

米国に拉致とふ言語のあるやなしトランプの「ＲＡＣＨＩ」聞く雨の水無月

生きてゐて生きての声の届かざり深き領海の拉致被害者たち

太き夏

来し方の夏は甘き香真桑瓜てらてらひかりよこたはる蛇

皮一枚で首繋がつてゐるやうな茄子なりわれは酷暑に耐へて

太き夏を鷲摑みする草のなか軍手のなかにも汗のしたたる

草ぬけば泥は目に入り口に入りわたし誰だかわからなくなる

にほひたつ青紫蘇ずんずんつみゆけば暑にこもりゐるバッタカマキリ

夏草にまぎるる一日むずむずとバッタのひげのごときもの生ゆ

まつ青な雲のうへなるまつさをが落ちきて夏のヘブンリーブルー

玄関をばうばうふさぐ青芒ことしはそのまま秋の尾花に

さるすべり

舫ひ船だからいつでも休みにおいでお前の舟が揺れやまぬとき

何もかも詰めこんできた子のかばん開くればあふるる部屋いっぱいに

陽を浴びて色それぞれにさるすべり愁ひのごとき花の濃淡

友達以上友達未満と青春のあやふさ揺るるさるすべりの花

さるすべり金平糖のこぼるるやう戻りし夫に花のかんざし

伏流水

花虎の尾を踏みて来たるらし保険屋の靴は花びら残してゆきぬ

一杯の夜更けの水にしづもれる瞼の上をおよぐアメンボ

夏嵐ひと夜すさびて去りゆきぬ魚の眼になり見あぐる朝空

鳳仙花不意に弾くる　密やかに育みしもの発(た)つとき烈し

わが裡に弾けこぼるるものあるを鳳仙花咲く庭は純色

鈍色の越の海原冬の日は海は空なり空は海なり

実家などといふものは疾うになし立山連峰に虹のたつ見ゆ

わがなかに伏流水はあり雪のにほひいまだ残せる滾る川ある

足もとからひたひたとくる心細さちさき守宮の毛布に入り来

あさがほはフェンスにからみ種子こぼす土なき点字ブロックの上

何かが足りぬと立ち止まるときおもひたりいまだ芽吹かぬ種子のあること

啞蟬

抱へきれないことごとぎゆつと詰めこんできつと弾くるざくろの真つ赤

手花火のぽたりと落つる輝きにアンファンスフィニのよみがへる夏

来る来ない占ひ遊びの日のありしそこだけゆつくり記憶がまはる

身に深く音ひびききぬ薄明に落ちてころがる青き柿の実

砂糖菓子のくづるるやうだ落蟬はふうつと力を抜きてそのまま

ゆるやかなアップダウンの団地道母と空蟬数へつつゆく

上へ上へどの脱け殻も爪をたて幹の途中に生れてゆく蟬

蜘蛛の糸にからまり必死にもがきゐるあれは啞蟬　かたむく夕陽

ゆふぐれにさやうならと手を振るひがんばな泣きべそ顔の母を残して

弱者強者いづれにも入らぬ生あるかいつの日にか見ん「西行桜」

鉄砲百合は庭をはみ出でそここに種子は舞ひゆく　心をひらけ

しじみ蝶

無花果の裡へ裡へと花ひらき出口なき空入口もなき

もの言はぬ花の熟しぬ腫れ物に手触るるやうに無花果を捥ぐ

准胝観音菩薩

世の中を嚙み締むるときのオノマトペ問はれてをりぬ歌会の席に

ハモニカを吹く講座の前を通り過ぐわが青春の昭和なりけり

およぎ下手口下手秋の初風にギーコギーコと軋むギシギシ

悪童や御山の大将ゐなくなりゑのころの穂のほほけゐるのみ

をさな日の雲はコッペパン空腹はやがてふくらむ夢でもあつた

まんじゆしやげふと揺るるとき兆したり野分の雲の空のきざはし

ひつたりと地に這ひつくばりて生きゐると激しくわれを揺らす大地は

空鉢のつみ重なれる隙間からああしんどいと小菊の黄色

しじみ蝶のこんがらかりて舞ふ軌跡わからなくなる切なきことも

けやき散る道

黄葉のけやき散る道おもひ出のワンシーンのやうに母と歩みき

母は命が解かるるときを待ちこがる生くる不自由もうぬぎたきと

食べなくば出るものも出ずありがたやいい按配に死ねるとふ母

こほろぎのふつり鳴きやむまだそこにゐたのか虫の耳になりゆく

やまぶだうのほど良き酸つぱさわが庭にきままなる鳥運びこよ夢

でで虫は殻を閉ざしてねむりをり吹きだまりにあはく陽は射す

字足らずのままに冬来ぬ南天はつやつやとして鳥を誘ふも

たましひ

さくら葉の風のかたちに散りてくる目を閉ぢて聴く茫茫たるもの

もんしろ蝶は落葉（らくやう）のごともまれゆくわれのみが見る冬の青空

雲海も景のひとつと小高氏に言ひてふはりと機上の日のあり

なぜ「かりん」にと問はれし事あり本気度を確かむる眼に小高賢氏は

本所吾妻橋にぢやあと手をあげ降りゆきし小高氏の姿今にたちくる

高空のジャンボ機は美し幾百人のたましひ抱き銀にかがやく

母の神棚

さざんくわは身にびつしりと花をつけどうと散りくる風のひびく日

雪深き三水村より〝りんご便り〟りんごの小箱に雪の降り積む

「小荷物の出すに出せなく足なくて」北海道網走に雪の季節くる

朱の汁もちてぽつてり潤みゐる梔子の実はわれを寄らしむ

梔子の朱にその嘴染まりゐるヒヨドリぼさぼさ頭を揺らし

ゆく年の素心蠟梅は閑かなり耳をすますやうかすかふるへる

紅一輪造花の椿をさし入れて母の神棚正月むかふ

まづ神棚へわれの節目の結納も母はそなへし古びし神棚

初夢

われもまた三世のなかのいちにんと除夜の鐘を聴くひびきくる音

ふたたび描く釈迦誕生図まみふかくわれを見するゐるをさなのかんばせ

平坦な歩道につまづく真つ昼間鴉の鳴き声嗤ふやうなり

起上り小法師のごといかぬなりしばし痛みに耐へてそれから

この身体ネアンデルタール人の血のひそむはるかなる祖の腰の痛みは

あああと夜の鴉鳴くもしかして夜明けの鍵を失くした鴉

初夢にもつとも嫌ひなわれの出る気取つてゐるよ　下心あり

ひかへめに水飲む鳩のくちばしの先よりさやさやさざなみのたつ

あるやうであるやうでないいつときをうからと囲む正月の膳

高熱にふせゐる子あり正月とふつどひうらめし祝ふなかにも

阿弥陀如来

あを椿

まだ固き愛を思ひしあを椿のふくらむ蕾にわた雪あはし

あやとりをつぎつぎみせるをさなき手何やら次第にほとけの御手に

もつと遠くへ紙ヒコーキとべ悔しがるをのこよお前はまだまだ若い

竹ばうきに落葉掃くごと下総の根雪とならぬ軽さ掃く朝

夕映えを容れて空蟬透きとほるつやめき増せる椿の冬葉

その裸身雪にめざめつほつほつと梢に雪つむおほやまざくら

Ⅱ

涅槃図

かしこみて一月はやも過ぎゆきぬ松葉の尖りすこしそそけて

絵馬に見る文字読めねどもハートありわれも一枚〝家内安全〟

冴ゆる日の裸木の黙をかひくぐる目白の頸のつやめく動き

寒の水たたへる甕の沈黙に赤きはまれる金魚の静けさ

平成の遺物となるやセシウム灰誰も言はなくなつて恐し

涅槃仏

避難円原発軸に書きこめば水泡のごとき地に暮らしゐる

異教徒も虫けらも泣くさめざめと差別なき場よ釈迦の涅槃図

トランプの壁はどこまで終りなき壁はおのれを幽閉するもの

捜しものに暮るる如月ついと買ふポンとはじけた春のあられを

むつかしい事つぎつぎと春の部屋「でもね」と母のふつと息づく

鮮明な夢の話をする夫とはらはら夢を忘るるわたし

おほよそはかくのごとくに大仏の足もとちひさくわれは写りぬ

母子草

てふてふはいかなる音色に恋をするふはふはひらひらもつれて離れて

素早くも動くものありこの家にチャバネゴキブリの春の幽さ

喧噪をはなるる公園裏通りに自生の桜はただ一本に咲く

花冷えの闇に目ひからすくちなはを木綿のシーツにふと思ひ出づ

地にながく引く影の濃きぶらんこは人のにほひに人のごとくに

はき寄せてまたはき寄せて朽ちゆける竹の葉かろし風のあらぬに

あすといふは未知なるひかりからものひらかむとして今朝のつぼみは

うぐひすの流るるやうな初鳴きに捨て目捨て耳春の言葉を

母子草と縄文人も呼びゐしか今年も庭に生まるるままに

がんばれは心の重荷死にたきと打ちあくる子によりそふ言葉は

目の下に沈線数条涙とも乳房と臍に土偶はをんな

風に揺れ

スマホに飼ふ猫はおねだり上手なり金の煮干しを奮発する日

雁擬きもどきゆつくり煮くづれる人参の赤転がり出るも

勢至菩薩

ビル風に母はたふれぬそれからはカランコロンと骨の鳴るとぞ

朝昼夕母と過ごせば繭ごもる母と食ぶる真夜のオレンジ

土鈴なりわがうつしみも風に揺れ人の心に揺れてやまざる

子の髪はゴッホのうねりさみしさにうさぎは死ぬと声の細きに

トントントントン葱をきざめばたちくる香かをれよ届け朝のかなしみに

ふるさとを捨てし日のあり日日捨てていかねばならぬ今日のためにも

刻告ぐるチャイムの聞こゆる始まりのそれとも終りの合図だらうか

インコ

囀りて「何をのろまに朝餉食ふ」せはしなるかなインコの日常

どこにあるお前の耳はと尋ぬればインコは「ハクションオマエハオマエ?」

おしゃべりのインコは発する「イタイイタイ・ヨイショ・ゴハンタベタカ・リンチャン」

拝啓、インコが来てからこの日ごろ口を慎み暮らし候ふ

ゆふまぐれひと日をなぐさみ放つ鳥八畳の間にはばたくインコ

涼やかに真水を飲みて糞をするインコのやうな六腑の欲しき

家にこもる影陰じつと見すゑゐる番傘のやうな氷雨の鴉

あさなさな

すりきれるほど読み聞かせたり『カマスの命令』何でも叶ふはゾクゾクとして

世界中のピンにさされし蝶たちはいつかとびたて　朽ちぬ羽持つ

触角をシャカシャカ動かしひた走るはたらき蟻と草取るわれと

あぢさゐの花冠おもたく押しよせて母を見失ひ泣きしことあり

あぢさゐと空を見あぐる花になる肩から抜けてゆく風の間に

おほいなる夏の落暉よ海遠き町にしあればあぢさゐは海

もつれたる刻ふりほどき発ちしごと行方定まらぬ黄蝶の飛翔

たちまちにむらさき色を閉ぢこめて茎立つつゆ草種子となるまで

あさなさな母はせつせつと米をとぐとぎ汁は花へ米はすずめへ

山ざくら

山ざくら切ればどうつと倒れこみああ桜があびてゐた光

わが切りし傷もそのまま育ちゆくけやきは慰撫の息吹にありぬ

さかしまの夢の途中と思ふ日の救世観音は微笑むばかり

恐竜展のティラノサウルス裏側をのぞけばキシキシわが骨の鳴く

寝ても寝てもまだまだねむいとこぼしつつ深きねむりに母は落ちゆく

魂(たま)になれば行きたいところへどこまでも旅の話をするごとき母

飄々と悪事たくらむ顔の母口をすぼませ目に笑ひあり

わかば風吹けば鳥声降りてくるぴちゅぴりぴよぴよ杖つく母と

アヲバトやコマドリ写真にをさまりて青葉のやうな調剤薬局

母よ母よ

人の手をかりるは嫌ひ背をさするわれを遠ざけあかり消す母

ひしひしと伝はりてくる死の覚悟母にはありてわれうろたふる

秒針の刻む音のみ聞こえくる母との深夜ふたりきりの時間

「苦しいやう」たつた一言だつたけど母の無念につもるかなしみ

間にあはずハサミに衣類を切りとりぬつひまでむつきを拒みし母は

文殊菩薩

死にゆくもくひしばる気力要ることをまざまざと見せて母よ母よ

吸ひのみのうすきみそ汁残されて母はゆきにきまた雨の音

含ませる末期の水に浮きたつやうピンクほのかな母のくちびる

面布（めんぷ）の白きはだつ逢魔が時の空切りとぶつばめにまなうら痛き

梅雨空を持ちあぐるやうあぢさゐの青の移ろふ水無月の尽

母のくらがり

旅立てり旅の仕度の装束に六文銭を持ちてわが母

吐いて吐いて今際のきはまで吐きし母この世とはまことにがきところか

白骨の母は恥ぢてゐるやうなりうからの囲む収骨台に

八歳のおぼつかなきに箸づかひ母の白骨ことりとをさまる

合掌に結跏趺坐せるほとけなり最後に拾ひし母の喉仏

母死して終の棲家を片づけるこの手に消しゆく母の痕跡

三十七本の舞扇ひらけば一間埋む母の舞姿を見しことのなき

写真手紙日記つぎつぎ手に取りて母のくらがりに今日も坐りぬ

淋しさに母の日常ありしこと狂ほしきほどに舞ひてゆきたり

わたり鳥羽ばたきつつもねむるとふ夢半分をもちてとぶらん

生きて為すわががむしやらの息つぎの気配のかすか釈迦の手のひら

「日日生くるは仕事」と言ひし母の庭にけふかたばみはさかんにはじく

やがて過ぐる夏の声声耳攫ふみーんみんみん息をつく間を

睡蓮ひらく

人は人われはわれとのくちぐせに母は生きたり睡蓮ひらく

羨むな恨むなかれのその心(うら)にありしことども語らふ母ゐず

睡蓮のさく筺底にうごくもの弱虫泣き虫手足のありて

何が出てくるのかこはい池の面を睡蓮の葉は日毎かくせり

黄金虫は浮き葉の上にひかりゐて睡蓮ひらく昼のまどろみ

咲き終り花は水中へ沈みゆく白き睡蓮誇ることなく

遺品なる絹のスカーフやはらかく手花火のやうな母の残り香

十一面の頭（づ）の重たからうにくわんおんは人のありさま見せてたたしむ

こぼれ種

ひと夜さをほどく心に月見草母からもらひし種子の咲きつぐ

わが死なば何色の種子ふりこぼす母の残ししクレオメの花

うすぎぬのやうな雨降る梅雨寒のどこから日の暮れ人肌恋し

おもひ出をひろふさまにて花舗にきて袋ふりつつ花の名を呼ぶ

梅雨らしき雨であつたと蜥蜴の子からだひからせ土の辺走る

この夏の生れ子いく匹梅雨晴れの庭の繁みの息づくごとし

失ひしものを数ふる宵の口あゆむ気配に雨の近づく

うす紙にくるみ仕舞ひしこぼれ種もちてあたたむ蟻とわたくし

蜃気楼

風のやうに母はゆきにきかさなりくる時間おもたく浮き羽の欲し

百貨店の包みを解けば後藤純男の〈雪の斜里岳〉母の遺品に

金泥に稜線くつきり斜里岳を母の懐のやうと後藤純男は

浄土へと母はかへつてゆきたりと若き僧の声みじろぎ聞きしも

ほふし蟬もう終りとふまたといふ秋のはじめの命なりけり

ふるさとは見知らぬ町になりてゐて旅のお人と呼ばるる富山

地平線下の景色をさらす蜃気楼母とのおもひ出われの幾年

雪解水のあふるる光に育ちたりわがうちがはを陸風の吹く

虚空蔵菩薩

異界とあふぐ

台風はどつと青毬落とし去る棘棘庭の猫は新顔

まよひ猫窺ふ目もてニンゲンハシンヨウデキナイマタステラルル

饒舌のあとの淋しさ海棠の返り咲きゐるうすき桃色

鬼の霍乱ならねど寝こむ数日を曼殊沙華は咲き花は消えたり

平戸行き赤白黄の曼殊沙華母と見しことあざやかに　とほし

あの世へは空身で逝くといふけれど母の柩に納めし花花

埋もれさうだつたねかあさんたむけ花に柩のなかはお花畑に

しばらくは身近にゐると聞く死んだ人の心残りをおもへばかなし

天道虫はパカリと背中をひらきとぶ異界とあふぐ空は青空

古希のゆふべ

抽斗に滞りゐるものわれの気も開くれば微か風の起りぬ

盗まるる心のあるか今日のわれのからだ骨なくけむりのやうな

生くる日の咀嚼の回数おもひみる骨折れやすき齢のわれは

皺ぐみて芽吹くじやがいもくりやべに春を待つ芽をえぐりて捨てつ

ピンセットに鯵の小骨を気骨など抜きしわれかも古希のゆふべを

一夜に半分二夜ねむれば忘れはつ瑣事多けれどニンゲンが好き

今まさに尻尾の出でるわが本性ぽろぽろこぼしうなぎパイ食ふ

惚くれば地の品格の出でますと何を今さら歌人(うたびと)なれば

ひと呼吸おいて話をするときはまづはやんはり「おはやう」の言葉

黒豆を小豆をささげをコトコトとかまどの神さま休む暇なし

包丁の引くとき切るる手加減に事の初めや二〇二〇年

蟠りとけゆく声の電話受く　まぶしき窓に雪の降り初む

立山杉

ふるさとの立山杉の苗一木（ひとき）植ゑしは婚のきさらぎの朝

木の命は遥かなるべし言寄せの決意のありて杉は香りぬ

〝ムクの墓〟の標の木片朽ち果てぬひとつ紅き実ヤブカウジ這ふ

寒の日はあつけらかんとしづかなり青畳の辺にアシダカグモゐる

四季咲きの銀木犀のつましき香うすらひの陽にふつとただよふ

米粒はなほもつぶつぶ意志を持つ半殺しのおはぎ母の墓前に

ほんたうは「地球の空はくらかつた」ほんたうのことはひつたりと眩む

出かけゆきもときた道をかへり来ぬ形状記憶のわたし「ただいま」

不動明王の目

眼の奥に空華の虫か怪しむもなるやうになるさ飛蚊症など

十三仏の不動明王に目を入るる初七日の仏の憤怒は悲しみ

吹かんとする笛を失くすも迦楼羅天在りし日の音を指はかなでる

ふはふはに冬大根をすりおろす諾へぬことと思ひてゐしが

洗ひ場のわが立つ位置よ夫が残す海老の尻尾もつまみて食ふも

会話なくつまづく空気をほぐさうと梅のかをりのことなど言ひて

モノクロからやはらかき色に子の心なれしか薬の減るを告げくる

あちこちの骨痛む雨と見てあればしづかなり　なばな菜のはな畑

あうむがへしにきれいと言ふ子に濯ぎてははじめましてと今年のさくら

さくら描く人の肩ごしパステルのあはく滲ませまだ三分咲き

不動明王

記憶をてらす

この眼にて母を見送りぬまぶしくも記憶をてらす切れ切れの雲

さうやつて葉芽ひらくときのスローモーションためらひながらうなだれながら

このテラはどんな香りがするのだらう春を宥むる柿の葉朴の芽

「人はいさ」紀貫之の歌またもおもひの種よ母のメモ書き

さ庭辺に増ゆるタンポポポンポポポンポポポン母の鼓の打ちこむやうな

母をらば母の喜びはわが糧と母の鼓をそうと打ちたり

ふくろふのホッホホーホー一度きり真夜の湯舟にたゆたふわが耳

磔刑のごとく

ただならぬコロナウイルスに逃げまどひ姿見えねば鬼とも思へ

コロナ禍にこもる日続きてわが身体人間臭き赤鬼ナマコ

人の手に磔刑のごとくかうもりは炙り出されて存在かなし

身めぐりに寄りくる生きとし生けるもの人間さけて猫よ鴉よ

「元気かな?・生存確認」とふラインくる音沙汰なかつた不惑の息子

お不動さん！コロナ禍の今ねがふこと衆病悉除身体堅固

鬼神なる三面六臂の阿修羅像人間以下とふも祈る手を持つ

日光黄菅

白マスクのほぐれゆくやうコロナ禍の水無月泰山木はひらきぬ

母逝きて一年ちやうどの区切りの日あつても無くてももうゐない母

六月はいちごの無き季母乞ふも甘酸つぱさは永遠となる

缶缶のサクマドロップスからからとけふのいちごは母の味する

ドロップス、母の最後にふふみしはふるさと北見の薄荷の辛さ

喜びはつかのまの泡しゆわしゆわと清く涼しく身に沁みゆくも

いまもなほ耳に残れる「命はひとつ死んだらおしまひ」母の遺言

ひとりまた縄跳びの輪をぬけさやうなら聞こえる空のゆふやけこやけ

謡ふとき化身したるか母の残す金糸銀糸の一筋の帯

身を捩りひらく朝顔夫とわれ夢それぞれに咲かせるものか

セロファンをはぐごとめざむるこのあした　日光黄菅は山の声する

眠らぬ耳

ゆすらうめは熟せり午後のまどろみに巣立ちの雀のさへづり交る

猫の気持ち尾つぽに出るやお互ひに尾のあればとふ夫に一瞬ひるむ

わが庭にどつしりかまへる野良の猫唸りて時にピタリと止みて

「なぜ生くる?」戯けたことよと言ふごとく猫は嚙み砕く捕へし鳥を

今年まだ青大将の姿見ず「お前食べたか?」ゐねむる猫に

四六時中背中丸めて眠る猫眠らぬ耳がわれを捉ふる

眠るとき疲れし心をあづけおく枕どこかに売られてゐぬか

心の強弱

溶けこみてゐるものあらはになるあした蓮の浮葉は水面を揺らす

すくり立つ葱の畑に草を引く生き方価値感なき夏草を

やはやはと葱を引きぬく地にふかく根をはりをればわが手やさしく

暑き夏身のおきどころなく過ぎてゆき失くしもののごとゆふぐれは来ぬ

筆圧は心の強弱引きこもる日には太字に歌書き散らす

手のひらに立つ木のごとく匂ひたり丁寧に削るちびた鉛筆

描くも歌に出すときわが心暮しのなかにかすかかをりぬ

歌と歌そのあひにある一行の余白じんわり語りかけくる

捻れるマスク

コロナ前コロナ後と季はめぐりワープした街へ今日は歌会

〝不要不急〟われのなかなる仕分け方夫とは違ふをコロナ禍に知る

〝自己防衛に努めよ〟マスクに覆はれた口もと動く捻れるマスク

「コロナ出た」お化けのごとく伝へ聞きこはごは通る駅前あたり

「コロナより世間が怖い」のライン受く「かかりしときは秘密にするよ」

つながりし世間の恐怖におかれゐるひと事でなきコロナの差別

抗菌マスクわたさむとすれば「ソーシャルディスタンス」とあとずさる子ら

手をつなぎビビビと感電することもご法度となるソーシャルディスタンス

孵化

白マスクハフハフハフ動かし暑き日のわれは大鯉エラ呼吸する

リュウキンやデメキンワキンシュブンキン金魚売り場に泳がすわが目

ビニール袋の金魚の目玉揺るるたびたぷんと揺るるわたくしの魚(うを)

日差しさけ陰へ陰へと身をかくす金魚もわたしも辛いぞこの夏

エコー写真に孵化したばかりの命なりお前もわたしも魚だつたよ

地の底の海よりきたるかみどり児はわがうでのなか地熱のかたまり

舟盛りのさし身に頭と尾つぽあり「わたしはここよ」ひくひく動く

波のりを終へしサーファーは滴する片身のやうな板を抱へて

地蔵菩薩

花潜りはイチジクに夢中をさな日の遊びの途中に食べたイチジク

大葉子は踏んばつてをり逃げ腰でその場しのぎに踏みゆく道に

口中にころがし舐める〈かはり玉〉ガラガラポンと夢からはみ出で

コロナ禍の絵巻はいかに餓鬼草子にわれと見違ふ白き顔あり

ウソかマコトか見きはめがたき世ぢくぢたるおもひに巣かけて生くるほかなく

地蔵菩薩

晩夏光　ほころぶ蜘蛛の囲あぢさゐは素枯れ咲きゐる変化の色に

コロナウイルスに息殺しつつ寝静まる街にあをあを月光きたり

窓ごしの月光浴ぶる花の束風の軽さにその身枯れゆく

「月がきれい」と聞こゆる窓の月輪(がちりん)に地蔵菩薩はつつまれてゐる

あとがき

『あぢさゐは海』は、私の第二歌集となります。二〇一八年六月、第一歌集『空とかうもり』からまだ二年あまりですが、思い切ってこのたび上梓することにいたしました。
Ⅰ部は、主として新作など未発表の歌を中心に、Ⅱ部は、母の挽歌など最近のかりん誌に載った歌を、あわせて三百九十首収めました。
ある時、「短歌という枠のなかでうたうことに息苦しさを感じませんか」という趣旨の質問を受けたことがありました。三十一音の短詩型だからか、歌壇、結社の括りのなかにいることへの質問なのか、外側から私たち歌人はどのように見えているのか、見られているのか、とても気になりました。
今年は歌林の会へ入会して二十一年目になります。短歌は心のなかの時々の情を掬いとる器、素直にわかりやすい言葉で、空をうたうときは空の気持ちになり、誰かをうたうときは、その人を好きとか嫌いとかでなく、みんな一生懸命に生きているのだから、生まれてきたのだから、私も一生懸命にうたう。そこには、愛と祈りがあると思います。

私は昨年、母を亡くしました。九十六歳でした。気性の激しい母といつもぶつかりあい、三年間疎遠になったときもあります。二人の弟と私は、母からのがれるように故郷を出、それぞれの地で家庭をもちました。早くに父は亡くなり一人になった母は、日本舞踊、琴、三味線、太鼓、ギターなど、初歩から習いはじめました。七十歳をすぎて、富山から私の住む松戸へ越してきてからも、町内会や老人会、地域の方々の輪に入り、踊りを披露したりカラオケを楽しんだり充実していた……と、私は長いあいだ肯定的にとらえていました。しかし、母と接して語らう機会が増え、母のなかには、戦争への憤り、苦しみ悲しみがあり、つらい日日であったことを知りました。母の心のなかをどれほどくみ取れたのか、今でも忸怩たる思いがありますが、二年前、第一歌集にまとめました。それからちょうど一年後になる昨年の六月、母はこの世を去りました。残された母の記録、日記、手紙、写真、ビデオテープ、メモ書きなど、ひとつひとつ手に取るように遺品を整理しました。

淋しさに母の日常ありしこと狂ほしきほどに舞ひてゆきたり　「母のくらがり」

今、私はこうして書いていて、とても淋しい、でも歌に出会い、母の挽歌を中心にした第二歌集を上梓できる幸を嬉しく思います。

歌集出版にあたり、馬場あき子先生からはお目にかかるたびに力強いエネルギーをいただいていると、しみじみとかみしめております。現在もなお、地球規模の新型コロナウイルスの感染拡大により、混沌とした世ですが、馬場先生はじめ歌林の会のみな様に、今までのようにお会いできますよう、一堂に会せる日を願ってやみません。弥生野支部長の影山美智子様には、このたびも励ましと貴重な時間をいただきました。何とか一冊にまとめることができました。その上、帯文も書いて下さいました。重ねがさね感謝申し上げます。朝日カルチャー新宿教室講師の日高堯子様、読売カルチャー柏教室講師の米川千嘉子様、弥生野支部のみな様、歌林の会のさまざまな場で歌の時間を共に励んでいる多くのみな様、日頃のご厚情を深く感謝申し上げます。今後ともご指導のほどよろしくお願い致します。最後になりましたが、歌集出版の労をお取り下さいましたコールサック社の鈴木比佐雄様、座馬寛彦様、装幀の松本菜央様、心より御礼申し上げます。

二〇二〇年十月三日

谷光順晏

谷光順晏（たにみつ　じゅんあん）

1949 年　富山県中新川郡上市町生まれ
1987 年　詩集『しんきろう』（雲と麦詩人会）刊行
1999 年　歌林の会入会
2003 年　仏画を習いはじめる
2018 年　歌集『空とかうもり』（短歌研究社）刊行
2019 年　『空とかうもり』で第 15 回日本詩歌句随筆評論大賞・
短歌部門優秀賞受賞
2020 年　「桜光」30 首で第 22 回かりん力作賞受賞
詩集『ひかることば』（コールサック社）刊行

現住所　〒 270-2252　千葉県松戸市千駄堀 657

歌集　あぢさゐは海　　かりん叢書第 372 篇

2020 年 12 月 10 日初版発行
著　者　谷光順晏
編　集　鈴木比佐雄・座馬寛彦
発行者　鈴木比佐雄
発行所　株式会社 コールサック社
〒 173-0004　東京都板橋区板橋 2-63-4-209
電話 03-5944-3258　FAX 03-5944-3238
suzuki@coal-sack.com　http://www.coal-sack.com
郵便振替　00180-4-741802
印刷管理　（株）コールサック社　製作部

＊装画　小原古邨　＊装丁　松本菜央　＊挿画　谷光順晏

落丁本・乱丁本はお取り替えいたします。
ISBN978-4-86435-461-5　C1092　￥2000E